집을 짓는다는 것

로라 더시케스 엮음 ㅣ 전은혜 옮김

집을 짓는다는 것

JINOPRESS

나는 시애틀에 있는 한 건축회사의 사서이다. 운 좋게도 전 세계의 아름다운 건축물들이 담긴 책들을 마음껏 사고, 고르고, 관리하는 것이 내 일의 일부이다. 서점을 어슬렁거리면서 책을 고르고, 동료들과 나눠보는데 월급을 받는 사람이 얼마나 될까? 나와 같이 일하는 동료들은 최신 책들을 열심히 살펴보고, 눈에 띄는 사진과 이미지들을 열심히 찾아낸다.

하지만 나는 그 속의 말들이 더 눈에 들어왔다. 책장을 넘기면, 마치 문장이 나에게 뛰어드는 것 같았다. 가끔은, 한 단어가 눈에 밟혔다.

그래서 몇 년 전부터 나는 책으로 엮으려고 이런 말들을 모으기 시작했다. 다양한 시기의 건축가들이 가진 사고방식의 깊이와 폭을 독자들에게 보여주고 싶었다. 중요한 문제들과 씨름하면서도 그들의 접근방법과 의견은 또 얼마나 격하게 다양한지 말이다.

현재 활동 중인 선도적 건축가들의 생각을 담으려고 노력하면서 (원고가 넘어가기 직전에, 왕 슈가 2012년 건축계의 노벨상으로 불리는 프리츠커 상을 수상했다), 또한 비트루비우스, 레오나르도 다빈치, 팔라디오 같은 과거의 목소리들도 실으려 노력했다. 한 면에 인용문 하나씩을 선정했는데, 연이어 넣은 인용문들이 짝지어지거나 이야기가 뻗어나가거나, 그 안에서 일종의 작은 대화의 형식이 되도록 했다. 인용문의 건축가들은 각자 다른 시대에 살고 있을 수도 있고(현대

건축가 리처드 노이트라를 로마시대 건축가 비트루비우스와 연이어 배치),
혹은 동시대의 동료로, 각자 디자인한 건축물로서 서로에게 영감이
되는 현대의 동료 관계일 수도 있다. 일부는 서로 반대 입장이기도
하고, 일부는 같은 주제에 관한 동일한 열정을 공유한다(예를 들면 '때
묻지 않은 종이' 더미에 대한 만족이나 제약 조건의 가치 등). 이런 상호작용이
역사적으로 전 세계 건축가들에게 있어서 중요했음을 조명하기를
기대한다.

　이 책을 만드는 데 가장 힘들었던 점은 내가 모은 수많은 명언 중에
무엇을 고를 것인가 하는 점이었다. 물리적 제약에 맞추려다 보니 뼈를
깎는 편집을 통해서 인용문들을 선정했음을 알아주길 바란다. 세상에는
건축가가 정말 셀 수 없이 많고, 이 책에 반영되지 못한 경우도 많다.
단지 지면이 모자라서 다 담지 못했을 뿐이다. 앞으로 나올 페이지에
건축가들이 표현한 것처럼, 제약 사항은 '대항해서' 일할 거리를
제공한다는 점에서 유용할 수도 있다. 도서관, 서점, 당신의 서재 그리고
인터넷에 많이 널려 있는 강연이나 인터뷰들에도 건축가들의 깊은
생각의 샘, 재치 있는 말 그리고 지혜의 말들이 있다. 이 책을 통해 독자
스스로가 더 알아보고 싶은 계기가 되기를 희망한다.

로라 더시케스

I am deeply impressed with the designer of the universe; I am confident I couldn't have done anywhere near such a good job.

Buckminster Fuller (1895–1983)

나는 우주의 설계자에게
깊은 감명을 받았다;
나는 그런 훌륭한 일의 근처에도
이르지 못하리라 확신한다.

버크민스터 풀러(1895-1983)

A profound design process eventually makes the patron, the architect, and every occasional visitor in the building a slightly better human being.

Juhani Pallasmaa (1936–)

심오한 디자인 과정은
결국 후원자, 건축가 그리고
건물에 가끔 찾아오는
방문자 모두를
조금 더 나은 인간으로
만들어준다.

유하니 팔라스마(1936-)

I've said goodbye to the overworked notion that architecture has to save the world.

Peter Zumthor (1943–)

나는 건축이 세상을 구원한다는
과한 신념에 작별을 고했다.

페터 춤토르(1943-)

We do not
create the work.
I believe
we, in fact, are
discoverers.

Glenn Murcutt (1936–)

우리는 작품을 창조해내는 것이 아니다.
내 생각에 우리는, 사실, 발견자인 것이다.

글렌 머컷(1936-)

*For me, every day is
a new thing. I approach
each project with
a new insecurity, almost
like the first project
I ever did, and I get the
sweats, I go in and start
working, I'm not sure
where I'm going—
if I knew where I was
going, I wouldn't do it.*

Frank Gehry (1929–)

나에게는 매일이 새롭다.
나는 각각의 프로젝트를 마치 첫 프로젝트마냥
새로운 불안함으로 접근한다.
그렇게 고군분투하고, 일을 시작한다.
내가 어디로 가고 있는지 잘 모르겠다—
만약 내가 어디로 가고 있는지 알았다면,
하지 않았겠지.

프랭크 게리(1929-)

I pick up my pen. It flows. A building appears. There it is. There is nothing more to say.

Oscar Niemeyer (1907–2012)

펜을 잡는다. 펜이 흘러간다.
건물이 나타난다.
자 여기. 더 할 말은 없네.

오스카르 니에메예르(1907-2012)

To me the drawn language is a very revealing language: one can see in a few lines whether a man is really an architect.

Eero Saarinen (1910–61)

나에게 그림 언어란
매우 적나라한 언어이다:
몇 개의 선만으로도
그가 진짜 건축가인지 알 수 있다.

에로 사리넨(1910-1961)

IS ANYTHING MORE
PLEASURABLE TO
THE MIND THAN
UNSULLIED PAPER?
THE STUDIOUS
COMPARISONS AND
SELECTION OF "STOCK"
IN TEXTURES AND
COLORS OF CARDS
AND PAPER?

Frank Lloyd Wright (1867–1959)

때 묻지 않은 종이보다
더 마음에 흡족한 것이 있을까?
열심히 비교 선택해서 '간직'해둔
카드와 종이의 질감과 색감에
비할 것이 있나?

프랭크 로이드 라이트(1867-1959)

I LOVE PAPER. A NICE THICK PILE OF IT AND A PENCIL, AND I'M CONTENT.

Cecil Balmond (1943–)

난 종이가 참 좋아.
좋은 두툼한 종이 한 더미와 연필 한 자루.
그럼 난 만족하지.

세실 발몬드(1943-)

I prefer
drawing
to talking.
Drawing
is faster,
and leaves
less room
for lies.

Le Corbusier (1887–1965)

나는 말하는 것보다 그리는 것을 선호한다.
그리는 게 빠르고, 거짓말할 틈을 덜 남긴다.

르코르뷔지에(1887-1965)

I've noticed the computer sometimes leads to rather bland decision making; now, anybody can do a wobbly, blobby building.

Peter Cook (1936–)

난 컴퓨터가 때때로
좀 단조로운 결정으로
이끈다는 것을 알게 되었다;
이제는 누구나
휘뚜루마뚜루한 건물을
지을 수 있게 된 거다.

피터 쿡(1936-)

I THINK DRAWINGS
ARE DRAWINGS AND
BUILDINGS ARE BUILDINGS.
WHEN I DRAW, I TRY
TO REPRESENT THE IDEA
OF THE BUILDING.
THE DRAWINGS, HOWEVER,
ARE IN WATERCOLOR,
OR PRISMACOLOR,
OR GRAPHITE ON PAPER,
AND THEREFORE THEY
CANNOT BE A BUILDING.

Michael Graves (1934–)

내 생각에 그림은 그림이고
건물은 건물이다.
그림을 그릴 때, 나는
건물의 아이디어를 표현하려고 한다.
하지만 그림은,
종이 위의 수채, 마커, 목탄이어서,
그러니까 건물이 될 수는 없다.

마이클 그레이브스(1934-)

Architects make drawings that other people build. I make the drawings. If someone wants to build from those, that's up to them.

Lebbeus Woods (1940–2012)

건축가들은 다른 사람들이
지을 수 있게 그림을 그린다.
나는 그림을 그린다.
만약 누군가 내 도면으로 건물을 짓는다면
그건 그들의 몫이다.

레베우스 우즈(1940-2012)

I tell my students: you must put into your work first effort, second love, and third suffering.

Glenn Murcutt (1936–)

나는 학생들에게 이렇게 말한다:
먼저 네 작품에 첫 번째로 노력을 쏟아라.
두 번째로 사랑을. 세 번째로 고생을.

글렌 머컷(1936-)

I make a project
and I panic. Which
is good, it can be a
method. First, panic.
Second, conquer
panic by working.
Third, find ways to
solve your doubts.

Eduardo Souto de Moura (1952–)

나는 프로젝트를 만들고 공황상태에 빠진다.
괜찮아, 그것도 일종의 방법이지.
첫째, 공황에 빠진다.
둘째, 일을 함으로써 공황을 극복한다.
셋째, 스스로의 의심을 해결할 방법을 찾는다.

에두아르도 소투 드 모라(1952-)

For a long time Friedrich Achleitner thought about whether he wanted to be a poet or an architect, and then he shaved his head, put on a straw hat, and said he was a poet. And he said he had to decide: architecture or literature. And then I said: You could also decide to do architecture and literature. And after several years that's what he decided to do.

Hans Hollein (1934-2014)

---

* 프리드리히 아흐라이트너(Friedrich Achleitner, 1930–2019): 오스트리아의 시인 겸 건축비평가이다.

프리드리히 아흐라이트너*는
자신이 시인이 되고 싶은지
건축가가 되고 싶은지
오랫동안 고민하다가
머리를 깎고 밀짚모자를 쓰고
시인이라고 말했다.
그리고 그는 건축을 할지, 문학을 할지
결정해야 한다고 했다.
나는 그에게 말했다:
건축과 문학을 둘 다 할 수도 있지.
그리고 몇 년 후에
그는 그렇게 하기로 결정했다.

한스 홀라인(1934-2014)

After studying
art and then studying
architecture, I never
needed the clarity
of either being a
professional architect
or being an artist,
and found some
kind of middle ground
that was contaminated
from all sides.

Elizabeth Diller (1954–)

예술을 공부하고 건축도 공부해보니,
나는 건축 전문가가 되는 것과
예술가가 되는 것의
명확한 구분이 필요 없었고
양쪽으로부터 물든
그 중간 어디쯤을 알게 되었다.

엘리자베스 딜러(1954-)

There are many architects
who aren't really aware
of their own patterns, just
like most people don't know
their patterns in private.
We find that a really exciting
theme because architecture
and psychology suddenly
become very close.

Jacques Herzog (1950–)

많은 사람들이
자기 생활의 패턴을 모르듯,
많은 건축가들이
자기 자신의 패턴을 모른다.
건축과 심리학이 사실
굉장히 가까운 분야라는 것은
상당히 재미있는 일이다.

자크 헤르조그(1950-)

I've always felt that the most important thing is finding a way of escaping the framework or aesthetic consciousness with which I am burdened.

Arata Isozaki (1931–)

내가 항상 가장 중요하다고 생각하는 것은,
나를 부담스럽게 하는 프레임이나
미학적 의식에서 벗어나는 방법을 찾는 것이다.

아라타 이소자키(1931-)

Beauty will result from the form and correspondence of the whole, with respect to the several parts, of the parts with regard to each other, and of these again to the whole; that the structure may appear an entire and complete body, wherein each member agrees with the other, and all are necessary to compose what you intend to form.

Andrea Palladio (1508–80)

아름다움은 형태 그리고
전체와의 조화에서 나온다.
여러 부분이 서로에 대응하고,
부분들이 다시 전체에 응답하듯.
구조적으로는 마치
하나의 완전한 것으로 보여서
각 부분이 서로에 동의하고,
모든 부재가 창작의 의도대로
필요했던 것처럼.

안드레아 팔라디오(1508-1580)

I don't design nice buildings—I don't like them. I like architecture to have some raw, vital, earthy quality. You don't need to make concrete perfectly smooth or paint it or polish it. If you consider changes in the play of light on a building before it's built, you can vary the color and feel of concrete by daylight alone.

Zaha Hadid (1950-2016)

나는 좋은 빌딩을 디자인하지 않는다—
그런 것들을 좋아하지 않는다.
나는 날 것의, 생명력 있는,
흙냄새 나는 건축을 좋아한다.
콘크리트가 완벽하게 매끈할 필요도 없고,
칠을 하거나 광을 낼 필요도 없다.
건물을 짓기 전에 빛의 움직임을 고려한다면,
한낮의 햇살만으로도 이미 콘크리트에
다양한 색감과 촉감의 효과를 낼 수 있다.

자하 하디드(1950-2016)

IN PURE ARCHITECTURE THE SMALLEST DETAIL SHOULD HAVE A MEANING OR SERVE A PURPOSE.

A. W. N. Pugin (1812–52)

순수한 건축적인 면에서는
가장 작은 디테일이라도
의미가 있거나
쓰임이 있어야 한다.

아우구스투스 푸긴(1812-1852)

Remember that the most beautiful things in the world are the most useless; peacocks and lilies, for instance.

John Ruskin (1819–1900)

세상에서 가장 아름다운 것들은
가장 쓸모없는 것이라는 사실을 기억하라 ;
예를 들면, 공작새라던가 백합이라던가.

존 러스킨(1819-1900)

I don't want to
undress architecture.
I want to enrich it
and add layers to it.
Basically like in
a Gothic cathedral,
where the ornament
and the structure
form an alliance.

Cecil Balmond (1943–)

나는 건축을
발가벗길 생각이 없다.
나는 건축에
영양을 듬뿍 주고,
옷을 입히고 싶다.
장식과 구조가 잘 어울리는
고딕성당처럼.

세실 발몬드(1943-)

My goal is to strip things down, not so that they become inhuman but so that you need just the right amount of words or shape to convey what you need to convey. I like editing.

Maya Lin (1959–)

내 목표는 비우는 것이다.
비인간적일 만큼은 아니어도,
당신이 전달하고자 하는 것을 전하는 데
딱 필요한 언어와 모양만큼만.
나는 편집하는 것을 좋아한다.

마야 린(1959-)

Less is more.

Ludwig Mies van der Rohe (1886–1969)

간결한 것이 더 아름답다.

루트비히 미스 반데어로에(1886-1969)

LESS IS A BORE.

Robert Venturi (1925-2018)

간결함은 지루한 것이다

로버트 벤츄리(1925-2018)

There is a generic quality to white that we like.

Sejima Kazuyo (1956–)

우리가 좋아하는 하얀색에는
일반적인 우수함이 있다.

세지마 가즈요(1956-)

Ornamentation has been,
is, and will be polychrome.
Nature does not present us
with an object in monochrome,
totally uniform with respect
to color—not in vegetation,
not in geology, not in topography,
not in the animal kingdom.
Always the contrast of color
is more or less lively, and for
this reason we must color wholly
or in part every architectural
element.

Antoni Gaudí (1852–1926)

장식은 예전에도, 지금도,
앞으로도 다색채일 것이다.
자연은 우리에게 무채색이나
같은 색만을 주지 않는다―
식물에도, 흙에도, 지형에도, 동물세계에도.
항상 색의 대비는 생생함을 준다.
그러므로 우리도 건축적 요소에
전체적이든 부분적이든 색을 입혀야 한다.

안토니 가우디(1852-1926)

I always try to think in curves.

Greg Lynn (1964–)

나는 항상 곡선으로 생각하려고 한다.

그렉 린(1964-)

The worker destined to fashion hoops, to curve the wood of the forests, will offer to the great ones of the earth a monumental idea, and teach them that nothing is to be neglected for high conceptions. Is not the workshop of the world inscribed in a circle?

Claude-Nicolas Ledoux (1736–1806)

숲의 나무를 구부려
고리를 만들도록
운명지어진 일꾼도
대지의 위대한 자들에게
엄청난 아이디어를 제공하고,
높은 신념을 위해
무시될 것은 없다고
가르칠 수 있습니다.
세상의 작업장은
돌고 돌지 않습니까?

클로드 니콜라 르두(1736-1806)

Form ever follows function.

Louis Sullivan (1856–1924)

형태는
반드시
기능을 따른다.

루이스 설리번(1856-1924)

Form follows form, not function.

Philip Johnson (1906–2005)

형태는
기능이 아니라
형태를 따른다,

필립 존슨(1906-2005)

At the time form follows function was coined, how a building became three-dimensional was programmatic. Many other things now come into play: environment, costs, time, qualitative aspects of the building's materiality. This is a very different alchemy than form following function.

James Timberlake (1952–)

'형태는 기능을 따른다'는 말이 나올 즈음에,
건물이 삼차원이 되는 과정은 프로그래밍 같았어.
이제는 많은 것들이 추가되지:
환경, 비용, 시간, 건물 재료의 질적인 측면.
이것은 '형태는 기능을 따른다'는 말과는
굉장히 다른 연금술이야.

제임스 팀버레이크(1952-)

"Form follows profit" is the aesthetic principle of our times.

Richard Rogers (1933–)

'형태는 이윤을 따른다'는 것이
우리 시대의 미학적 원리이다.

리처드 로저스(1933-)

Walter Gropius came to see me at my house at Canoas above Rio. I designed it in a sequence of natural curves to flow in and out of the existing landscape. He said, it's beautiful, but it can't be mass-produced. As if I had intended such a thing! What an idiot.

Oscar Niemeyer (1907–2012)

월터 그로피우스가 리오 강 북쪽에 있는
카노아스에 있는 우리 집에 왔었어.
나는 우리집을 일련의 자연적인 곡선이
기존 지형의 흐름에 따라 흐르도록 디자인했어.
그는 "아름답지만 대량생산은
불가능하군요"라고 말하더라고.
마치 내가 의도했다는 듯이 말이야!
멍청이 같으니.

오스카르 니에메예르(1907-2012)

A product often becomes more useful if the costs are lowered without harming the quality.

Charles Eames (1907–78)

물건은 종종 품질을 해치지 않는 선에서
가격이 낮아질 때 더 유용해진다.

찰스 임스(1907-1978)

In furniture design the basic problem from a historical— and practical—point of view is the connecting element between the vertical and horizontal pieces. I believe this is absolutely decisive in giving the style its character. And when joining with the horizontal level, the chair leg is the little sister of the architectonic column.

Alvar Aalto (1898–1976)

가구 디자인에서 역사적인 관점으로나
실질적인 관점으로나 기본적인 문제는
수직재와 수평재의 연결 요소에 있습니다.
나는 이것이 스타일을 가르는 데
절대적으로 결정적이라고 봅니다.
수평재와의 연결에 있어서,
가구의 다리는 작게나마
건축 기둥과 같은 역할을 합니다.

알바르 알토(1898-1976)

A chair is a very difficult object. A skyscraper is almost easier. That is why Chippendale is famous.

Ludwig Mies van der Rohe (1886–1969)

* 치펜데일(Chippendale): 곡선이 많고 장식적인 디자인 가구를 말한다.

의자는 굉장히 어려운 물건이지요.
고층빌딩이 차라리 더 쉬울지도요.
이래서 치펜데일*이 유명한 겁니다.

루트비히 미스 반데어로에(1886-1969)

*The skyscraper is
Olympian or Orwellian,
depending on how
you look at it....
It romanticizes power
and the urban condition
and celebrates leverage
and cash flow. Its
less romantic side effects
are greed and chaos
writ monstrously large.*

Ada Louise Huxtable (1921-2013)

당신이 보는 방식에 따라 고층 건물은
신화적이거나 또는 전체주의적이다.
그것은 권력과 도시 상태를 미화하고,
영향력과 돈의 흐름을 찬양한다.
덜 낭만적인 부작용은 탐욕과 혼돈이
엄청나게 크다는 것이다.

에이다 루이즈 헉스터블(1921-2013)

THE DESIRE TO REACH FOR THE SKY RUNS VERY DEEP IN OUR HUMAN PSYCHE.

Cesar Pelli (1926-2019)

하늘에 닿고자 하는 욕망은
인간의 본성에 깊이 내재되어 있다.

시저 펠리(1926-2019)

I'll plan anything a man wants, from a cathedral to a chicken coop. That's the way I make my living.

Henry Hobson Richardson (1838–86)

나는 사람이 필요로 하는
무엇이든 설계합니다,
성당부터 닭장까지.
그게 내가 생계를
유지하는 방법이지요.

헨리 홉슨 리처드슨(1838-1886)

Don't ever turn down a job because it's beneath you.

Julia Morgan (1872–1957)

당신 수준에 안 맞는다는 이유로
프로젝트를 절대 거절하지 마시오.

줄리아 모건(1872-1957)

The ideal project
does not exist,
each time there
is the opportunity
to realize an
approximation.

Paulo Mendes da Rocha (1928–)

이상적인 프로젝트는 존재하지 않아,
매번 어림잡기를 해야 하는 기회가 오지.

파울루 멘데스 다 호샤(1928-)

When an architect is asked what his best building is, he usually answers, "The next one."

Emilio Ambasz (1943–)

건축가가 자신의 최고 건물이
무엇이냐고 질문을 받는다면,
보통 이렇게 대답할 겁니다.
"다음 거요."

에밀리오 암바즈(1943-)

IF AN ARCHITECT'S EGO IS VERY SMALL, HE IS DONE FOR; IF IT IS VAST THEN HE MIGHT MAKE SOME VERY IMPORTANT CONTRIBUTIONS.

Paolo Soleri (1919-2013)

건축가의 자아 세계가
매우 작다면, 그는 끝난 사람이지;
자아가 거대하다면 그는
세상에 아주 중요한 이바지를
할 수 있을 거야.

파올로 솔레리((1919-2013)

Beware of over-confidence; especially in matters of structure.

Cass Gilbert (1859–1934)

지나친 자신감을 주의하라;
특히 구조에 있어서.

카스 길버트(1859-1934)

I've been accused
of saying I was the
greatest architect
in the world and
if I had said so, I
don't think it would
be very arrogant,
because I don't
believe there are
many—if any.

Frank Lloyd Wright (1867–1959)

저는 제가 세상에서 가장 위대한 건축가라고
말한 것에 대해 비난을 받아왔습니다.
실제로 그렇게 말했더라도
저는 제가 그다지 거만하다고 생각하지 않습니다.
실제로 위대한 건축가가 많이 없거든요,
만약에 있다면 말이죠.

프랭크 로이드 라이트(1867-1959)

I MAY NOT BE THE
MOST INTERESTING
ARCHITECT, BUT I'M STILL
OUT THERE AND HAVE
MAINTAINED SOME
POSITION OF INTEGRITY.

David Chipperfield (1953–)

내가 가장 흥미로운 건축가는 아니겠지요.
하지만 나는 여전히 활동 중이고
어느 정도 진정성 있는
위치를 유지하고 있습니다.

데이비드 치퍼필드(1953-)

I'm totally against the heroic stuff. We do little stuff. We are totally for the pathetic.

Michael Meredith (1971–)

나는 전적으로
영웅적인 것에 반대한다.
우리는 작은 일을 한다.
우리는 전적으로
어려운 사람들의 편이다.

마이클 메레디스(1971-)

Basically, the idea is that with everyone striving to be revolutionary, you will be most revolutionary if you try to be ordinary.

Denise Scott Brown (1931–)

기본적으로, 모두가
혁명적이고 싶어하기 때문에,
당신이 평범해지려고 하면
가장 혁명적이 될 겁니다.

데니스 스콧 브라운(1931-)

The best form is
there already and
no one should be afraid
of using it, even if the
basic idea for it comes
from someone else.
Enough of our geniuses
and their originality.

Adolf Loos (1870–1933)

최고의 형태는 이미 존재하며,
만약 기본 아이디어가
다른 사람에게서 나온다 하더라도
그것을 사용하는 것을 무서워해서는 안 된다.
우리의 천재성도, 다른 사람의 독창성도
충분히 존중받아야 한다.

아돌프 루스(1870-1933)

If you think you can't make the world a better place with your work, at least make sure you don't make it worse.

Herman Hertzberger (1932–)

당신의 작품으로 세상을
더 나은 곳으로 만들 수 없다면,
최소한 더 나쁜 곳으로
만들지는 말도록 하세요.

헤르만 헤르츠버거(1932-)

I NEVER USE ANY IDEAS AGAIN. ONCE I'VE USED THEM, THAT'S IT.

Arthur Erickson (1924–2009)

나는 절대 아이디어를
다시 쓰지 않는다.
한 번 사용하면
그걸로 끝이지.

아서 에릭슨(1924-2009)

It's not a sign of creativity to have sixty-five ideas for one problem. It's just a waste of energy.

Jan Kaplický (1937–2009)

하나의 문제에 대해서
65개의 아이디어를 내는 것은
창의성의 표시가 아니다.
그냥 에너지 낭비인 거지.

얀 캐플리츠키(1937-2009)

Something as common as house paint can be exciting when polished to a mirror finish.

Tod Williams (1943–)

가정용 페인트 같은
가장 일반적인 것도
약간의 마감질로 광택을 내면
훌륭해질 수 있다.

토드 윌리엄스(1943-)

It is against
a white surface
that one best
appreciates
the play of light
and shadow,
solids and voids.

Richard Meier (1934–)

흰 벽면이야말로,
빛과 그림자의 움직임,
채워짐과 비워짐을
가장 잘 볼 수 있는 곳이다.

리처드 마이어(1934-)

LIGHT IS NOT
SOMETHING VAGUE,
DIFFUSED, WHICH
IS TAKEN FOR GRANTED
BECAUSE IT IS ALWAYS
THERE. THE SUN
DOES NOT RISE EVERY
DAY IN VAIN.

Alberto Campo Baeza (1946–)

빛은 모호하고 산란한 것이 아니라,
항상 그곳에 있기 때문에
당연히 받아들여지는 것이다.
해는 헛되이 매일 뜨는 것이 아니다.

알베르토 캄포 바에자(1946-)

Each material has its own shadow. The shadow of stone is not the same as that of a brittle autumn leaf. The shadow penetrates the material and radiates its message.

Sverre Fehn (1924–2009)

각각의 재료는
각자의 그림자를 가지고 있다.
돌의 그림자는 바스락거리는
가을 잎사귀의 그것과 같지 않다.
그림자는 물질을 통과하며
그 메시지를 발산한다.

스베레 펜(1924-2009)

The sun never knew how great it was until it hit the side of a building.

Louis Kahn (1901–74)

태양은 스스로가
얼마나 위대한지 모른다,
건물에 와 닿기 전까지는,

루이스 칸(1901-1974)

I am
always
searching
for
more light
and
space.

Santiago Calatrava (1951–)

나는 항상 더 많은 빛과
공간을 찾으려 한다.

산티아고 칼라트라바(1951-)

ARCHITECTURE IS
BOUND TO SITUATION.
AND I FEEL LIKE
THE SITE IS A
METAPHYSICAL LINK,
A POETIC LINK,
TO WHAT A BUILDING
CAN BE.

Steven Holl (*1947–*)

건축은 상황에 기인한다.
장소는 건물이 무엇이 될 수 있을지에 관한
형이상학적이고 시적인 연결고리이다.

스티븐 홀(1947-)

The design of
buildings in
natural settings,
whether urban
or rural, must be
responsive to the
earth out of which
they arise and the
sky against which
they are seen.

James Polshek (1930–)

자연 속에 있는 건물의 디자인은,
그곳이 도심이든 외곽이든 간에,
그 건물이 솟아난 땅에,
그리고 그것을 내려보는 하늘에
반응해야 한다.

제임스 폴셰크(1930-)

From where stems the idea
that our streets should look
as if they were created by
the same client or the same
architect? Diversity, and not
its opposite, is amusing.

Günter Behnisch (1922–2010)

우리의 거리가
같은 건축주나 같은 건축가가
만든 것처럼 보여야 한다는 생각은
어디에서 비롯된 것일까요?
다양성은 재미있습니다,
그 반대가 아니라.

권터 베니시(1922-2010)

Inconsistency itself breeds vitality.

Kenzo Tange (1913–2005)

모순에서 생동감이 생겨난다.

겐조 단게(1913-2005)

YOU CAN PUT DOWN A BAD BOOK; YOU CAN AVOID LISTENING TO BAD MUSIC; BUT YOU CANNOT MISS THE UGLY TOWER BLOCK OPPOSITE YOUR HOUSE.

Renzo Piano (1937–)

나쁜 책은 내려놓을 수 있지요.
나쁜 음악은 안 들으면 됩니다.
하지만 당신 집 건너편의
추한 타워 블록은 어쩔 수가 없어요.

렌조 피아노(1937-)

It is perfectly reasonable to talk about the meaning of literature without talking about Danielle Steel, but can you grapple with the impact of architecture without looking at Main Street?

Paul Goldberger (1950–)

* 대니엘 스틸(Danielle Steel, 1947-): 미국의 대표적 대중작가로 주로 로맨스 소설을 집필했다. —옮긴이

대니엘 스틸*을 제외하고
문학의 의미에 관해 논하는 것은
충분히 있을 만한 일이다.
하지만 메인 스트리트(중심가)를 보지 않고
건축의 영향에 관해서 고심할 수 있을까?

폴 골드버거(1950-)

I believe that context is an incredibly overestimated word and alibi for a lot of operations. There is only one kind of architectural context between two things that are of equivalent size or value. It's very important for us to liberate ourselves from the notion of having respect for context, as a kind of reflex, an automatism. We have to be more skeptical about context.

Rem Koolhaas (1944–)

많은 실행 과정에서
컨틱스트(맥락)는
매우 과대평가된 단어이자
알리바이라고 생각한다.
두 물체가 동등한 크기나
가치를 가지는 경우,
건축적 컨텍스트는 하나뿐이다.
반사적이고 자동화되어버린,
맥락에 맞추어야 한다는 생각에서
우리는 자유로워질 필요가 있다.
컨텍스트에 관해서 조금
회의적이어야 한다.

렘 쿨하스(1944-)

I am always
surprised by
how much little
emphasis schools
of architecture,
and indeed, many
architects, place
on the process
of the mating of
a building.

Norman Foster (1935–)

건축 학교나 실로 많은 건축가들이
건물 간의 어울림 과정에 대해서
조금도 중점을 두지 않는다는 사실이
나는 늘 놀라울 뿐이다.

노먼 포스터(1935-)

*You cannot simply put
something new into a place.
You have to absorb what you
see around you, what exists
on the land, and then use
that knowledge along with
contemporary thinking
to interpret what you see.*

Ando Tadao (1941–)

단순히 장소에 새로운 것을 넣을 수는 없습니다.
주변에 보이는 것과 땅에 존재하는 것을 흡수하고,
그 지식을 기초하여 현대적 사고방식으로
당신이 보는 것을 해석해야 합니다.

안도 다다오(1941-)

I'm not going to say that someone like Frank Gehry can't build something beautiful in a culture and place he doesn't know well. For the rest of us mere mortals, the best way to make real architecture is by letting a building evolve out of the culture and place.

Samuel Mockbee (1944–2001)

---

* 프랭크 게리(Frank Gehry, 1929-): 빌바오 구겐하임 뮤지엄, 디즈니 콘서트홀 등 실험적
작품을 선보인 해체주의 건축양식의 대표적 건축가이다. ―옮긴이

나는 프랭크 게리* 같은 사람이
그가 잘 모르는 문화와 장소에
아름다운 것을 지을 수 없다고
말하려는 게 아니다.
우리같이 미미하고 유한한 자들이,
진정한 건축을 하는 최고의 방법은
건물이 문화와 장소에서 진화하도록 하는 것이다.

새뮤얼 목비(1944-2001)

For fortified towns the following
general principles are to be
observed. First comes the choice of
a very healthy site. Such a site will
be high, neither misty nor frosty,
and in a climate neither hot nor
cold, but temperate; further, without
marshes in the neighborhood.
For when the morning breezes blow
toward the town at sunrise, if they
bring with them mists from marshes
and, mingled with the mist, the
poisonous breath of the creatures of
the marshes to be wafted into the
bodies of the inhabitants, they will
make the site unhealthy.

Vitruvius (ca. 80 – ca. 15 BCE)

요새화된 마을의 경우
다음과 같은 일반 원칙을 준수해야 합니다.
먼저 매우 건강한 장소를 택합니다.
안개가 끼거나 서리가 내리지 않고,
덥지도 춥지도 않은 온화한 기후에,
주변에 습지가 없는 높은 지역이 될 것입니다.
동틀 무렵 아침 바람이 마을을 향해 불어올 때,
늪에서 연무와 섞이고, 늪에서 나는 생물의
독한 숨결이 주민들의 몸에 스며들면,
그들은 그 터를 건강하지 못하게 만들 것입니다.

비트루비우스(ca.80-ca.15 BCE)

THE ARCHITECT WHO REALLY DESIGNS FOR A HUMAN BEING HAS TO KNOW A GREAT DEAL MORE THAN JUST THE FIVE CANONS OF VITRUVIUS.

Richard Neutra (1892–1970)

진정 인간을 위한 디자인을 하는 건축가라면,
비트루비우스의 다섯 가지 신조보다는
훨씬 많은 것을 알고 있어야 한다.

리처드 노이트라(1892-1970)

I THINK BUILDINGS SHOULD IMITATE ECOLOGICAL SYSTEMS.

Ken Yeang (1948–)

건물은 생태계를 모방해야 한다.

켄 양(1948-)

What if a building were more like a nest? If it were, it would be made out of local, abundant materials. It would be specific to its site and climate. It would use minimal energy but maintain comfort. It would last just long enough and then would leave no trace. It would be just what it needed to be.

Jeanne Gang (1964–)

건물이 새 둥지 같은 것이라면 어떻게 될까?

그렇다면 주변의 충분한 재료로만 만들어질 것이다.

그 장소와 기후에 맞춰서 만들 것이다.

최소한의 에너지만 사용해서 편안함을 지킬 것이다.

필요한 만큼만 지속하고 흔적을 남기지 않을 것이다.

딱 필요한 만큼만.

지니 갱(1964-)

Architecture is the constant fight between man and nature, the fight to overwhelm nature, to possess it. The first act of architecture is to put a stone on the ground. That act transforms a condition of nature into a condition of culture; it's a holy act.

Mario Botta (1943–)

건축은 인간과 자연의 끊임없는 갈등,
자연을 압도하고 소유하려는 싸움이다.
건축의 첫 번째 행위는 땅에 돌을 하나 놓는 것이다.
그 행위가 자연적 상황을 문화적 상황으로 바꾼다;
그것은 신성한 행위이다.

마리오 보타(1943-)

The act of building can be brutal. When I build on a site in nature that is totally unspoiled, it is a fight, an attack by our culture. In this confrontation, I strive to make a building that will make people more aware of the beauty of the setting, and when looking at the building, a hope for a new consciousness to see the beauty there as well.

Sverre Fehn (1924–2009)

건축 행위는 잔인할 수 있다.
완전히 훼손되지 않은 자연의 부지에
건설을 할 때, 그것은 인간의 문화로 말미암은
싸움이자 공격이다. 이 대결에서, 나는
사람들이 건물이 위치한 환경의 아름다움을
더 잘 알 수 있는 건물을 만들기 위해 노력한다.
사람들이 건물을 볼 때 그곳의 아름다움을 보는
새로운 자각에 대한 희망을 가지도록.

스베레 펜(1924-2009)

I USE CHEAP MATERIALS.

Herman Hertzberger (1932–)

나는 값싼 재료를 사용한다.

헤르만 헤르츠버거(1932-)

I believe that the material doesn't need to be strong to be used to build a strong structure. The strength of the structure has nothing to do with the strength of the material.

Shigeru Ban (1957–)

강한 구조를 짓기 위해서
재료가 꼭 강할 필요는 없다.
구조의 강도는 재료의 강도와
전혀 상관이 없다.

시게루 반(1957-)

It does not seem likely, therefore, that the revival of the use of concrete will have any influence on the style of modern architecture *properly so called.*

Henry Heathcote Statham (1839–1924)

소위 말하는 현대 건축 스타일에
콘크리트 사용의 부활이
무슨 영향을 끼친 것 같진 않다.

헨리 헤드코트 스타뎀(1839-1924)

I am particularly fond of concrete, symbol of the construction progress of a whole century, submissive and strong as an elephant, monumental like stone, humble like brick.

Carlos Villanueva (1900–75)

나는 특히 콘크리트를 좋아한다.
한 시대의 건축 과정의 상징성이 있고,
순종적이면서도 코끼리처럼 단단하고,
돌처럼 웅장하며 벽돌처럼 겸손하다.

카를로스 비야누에바(1900-1975)

THERE IS A NOTION THESE DAYS THAT ARCHITECTURE IS INCREASINGLY BECOMING LIGHTER. BUT I DON'T BELIEVE IT ONE BIT. IT'S JUST AN ILLUSION OF LIGHTNESS. BUILDINGS ARE HEAVY. I HAVEN'T MET A BUILDING I COULD LIFT.

Tod Williams (1943–)

요즘의 건축이
조금씩 가벼워지고 있다는
견해가 있다. 하지만 나는
전혀 그렇게 보지 않는다.
그건 그저 가벼움의 환영일 뿐이다.
건축물은 무겁다.
여지껏 내가 들 수 있는
건축물을 본 적이 없다구.

토드 윌리엄스(1943-)

I am trying to
counter the fixity
of architectures,
their stolidity,
with elements that
give an ineffable,
immaterial quality.

Ito Toyo (1941–)

나는 건축의 고정성, 경직성에 대항하려고,
형언할 수 없는, 무형의 성질을 가진
요소들을 사용한다.

이토 도요(1941-)

The facade and
walls of a house,
church, or palace,
no matter how
beautiful they
may be, are only
the container,
the box formed
by the walls;
the content is the
internal space.

Bruno Zevi (1918–2000)

집이나 교회, 궁전의 외피와 벽이
아무리 아름다울지라도
단지 벽들로 둘러싸인
상자이고 그릇일 뿐이다;
그 내용은 내부 공간이다.

브루노 제비(1918-2020)

Space, space:
architects always
talk about space!
But creating a space
is not automatically
doing architecture.
With the same
space, you can make
a masterpiece
or cause a disaster.

Jean Nouvel (1945–)

공간, 공간:
건축가들은 항상 공간에 관해 이야기하지!
하지만 공간을 만드는 것이
자동적으로 건축을 한다는 뜻은 아닐세.
같은 상황에서, 걸작품을 만들어낼 수도 있고
대재앙을 초래할 수도 있다네.

장 누벨(1945-)

*I know when I was
a kid we used to throw
the football out of
a first-floor window.
We never went to a play
space; the play space
began immediately.
Play was inspired, not
organized.*

Louis Kahn (1901–74)

제가 어릴 적에, 우리는 축구공을
1층 창문 밖으로 던져내곤 했습니다.
놀이터에 가는 것이 아니라,
우리가 노는 곳이 곧 놀이터였죠.
놀이는 조직화된 것이 아니라,
직관적인 것이었죠.

루이스 칸(1901-1974)

I myself am installed in
a windowless air-conditioned
office, a kind of cell.
My visitors are conscious
of this fact, which makes
them speak concisely and to
the point.

Le Corbusier (1887–1965)

나는 창문 없이 에어컨만 있는
사무실에 앉아 있다, 일종의 감옥처럼.
내 방문객들은 그 점을 알기 때문에,
간단하게 요점만 이야기한다.

르코르뷔지에(1887-1965)

Never talk to a client about architecture. Talk to him about his children. That is simply good politics. He will not understand what you have to say about architecture most of the time. Most of the time the client never knows what he wants.

Ludwig Mies van der Rohe (1886–1969)

의뢰인과 절대 건축에 관해 이야기하지 마라.
그의 아이들에 대해 물어보라.
간단하면서도 좋은 방법이다.
그는 당신이 건축에 관해 이야기해야 하는 것들을
대부분의 경우에 이해하지 못할 것이다.
의뢰인은 보통 자기가 무엇을 원하는지 모른다.

루트비히 미스 반데어로에(1886-1969)

I don't know why people hire architects and then tell them what to do.

Frank Gehry (1929–)

나는 왜 사람들이
건축가를 고용해놓고는
그들에게 할 일을 지시하는지
모르겠다.

프랭크 게리(1929-)

I UNDERSTAND
THAT, TODAY, SOME
DEVELOPERS ARE
ASKING ARCHITECTS TO
DESIGN EYE-CATCHING,
ICONIC BUILDINGS.
FORTUNATELY, I'VE NOT
HAD THAT KIND OF
CLIENT SO FAR.

Fumihiko Maki (1928–)

오늘날 어떤 개발업자들은
건축가들에게 눈길을 사로잡는,
상징적인 건물을 설계해달라고
요구한다는 걸 알고 있다.
다행히도, 나는 아직까진
그런 의뢰인을 만나지 않았다.

후미히코 마키(1928-)

Sometimes one is constrained to do things against reason in order to obey the will of the lord who ordered the building to be built.

Philibert de l'Orme (ca. 1514–70)

때로 사람은
건물을 짓도록 명령한
주님의 뜻에 순종하기 위해
이성에 반하는 행동을
하기도 한다.

필리베르 드 로름(ca. 1514-1570)

Here is one of the few effective keys to the design problem—the ability of the designer to recognize as many of the constraints as possible—his willingness and enthusiasm for working within these constraints—the constraints of price, of size, of strength, balance, of surface, of time, etc.; each problem has its own peculiar list.

Charles Eames (1907–78)

설계 문제의 효율적인
해결 방법 중 하나로,
제약 조건을 가능한 많이
찾아내는 설계자의 능력,
그러한 제약 조건을 가지고
일할 의지와 열정을 들 수 있다.
가격, 크기, 강도, 균형, 표면, 시간 등
각각의 문제가 고유한 목록이 있을 것이다.

찰스 임스(1907-1978)

I THINK CONSTRAINTS ARE VERY IMPORTANT. THEY'RE POSITIVE, BECAUSE THEY ALLOW YOU TO WORK OFF SOMETHING.

Charles Gwathmey (1938–2009)

제약 조건은 매우 중요하다고 생각합니다.
그것들은 무언가로부터 일을 시작하도록
해준다는 면에서 긍정적이죠.

찰스 과스메이(1938-2009)

We hated Bauhaus. It was
a bad time for architecture.
They just didn't have any
talent. All they had were
rules. Even for knives and
forks they created rules.
Picasso would never
have accepted rules.
The house is a machine?
No! The mechanical is
ugly. The rule is the worst
thing. You just want to
break it.

Oscar Niemeyer (1907–2012)

* 바우하우스 양식(Bauhaus style): 1919-1933년 독일에 있었던 예술학교. 대량생산 가
능성과 기능성에 초점을 맞추어 건축, 미술, 조형등 다양한 방면에 후대에도 많은 영향을
미친 현대 미술양식이다. ─옮긴이

바우하우스*가 싫었어.

그건 건축의 암흑기였지.

그들은 재능이 없는 사람들이었어.

그들이 가진 거라곤 규율뿐이었어.

심지어 나이프와 포크에도 규정이 있었다니까.

피카소라면 절대 받아들이지 않았을 거야.

집이 기계라고? 안 돼! 기계적인 것은 추하다니까.

규율은 최악이야. 그냥 없애버리고 싶을걸.

오스카르 니에메예르(1907-2012)

If you have total freedom, then you are in trouble. It's much better when you have some obligation, some discipline, some rules. When you have no rules, then you start to build your own rules.

Renzo Piano (1937–)

당신에게 완전한 자유가 있다면,
문제가 있는 겁니다.
의무사항이 좀 있고,
규율도 좀 있고,
법도 좀 있어야 해요.
규칙이 완전히 없다면,
당신이 자신만의 규칙을 만들어야죠.

렌조 피아노(1937-)

1. sex life
2. sleeping habits
3. pets
4. gardening
5. personal hygiene
6. protection against weather
7. hygiene in the home
8. car maintenance
9. cooking
10. heating
11. insolation
12. service

These are the only requirements to be considered when building a house.

Hannes Meyer (1889–1954)

1. 성생활

2. 수면 습관

3. 반려동물

4. 정원 가꾸기

5. 개인위생

6. 날씨로부터의 보호

7. 집의 위생

8. 자동차 정비

9. 요리

10. 난방

11. 일사량

12. 서비스

위의 사항들만이 집을 지을 때의 규율이어야 한다.

하네스 마이어(1889-1954)

People who build
their own home tend to
be very courageous.
These people are
curious about life.
They're thinking about
what it means to live
in a house, rather than
just buying a commodity
and making it work.

Tom Kundig (1954–)

자신의 집을 짓는 사람들은 용감한 편이다.
이 사람들은 삶에 호기심이 많다.
그들은 그저 상품을 사서
작동하게만 하는 것이 아니라,
집에 산다는 것이 무엇을 의미하는지
생각하고 있다.

톰 쿤딕(1954-)

건축가의 말

VERY OFTEN THE OPINION OF THE CLIENTS MUST BE DISREGARDED IN THEIR OWN INTEREST.

John M. Johansen (1916-2012)

종종 건축주의 요구는
그들 자신의 이해관계를 위해서
무시해줄 필요가 있다.

존 요한슨(1916-2012)

The pressure a client brings to bear on a project makes you distill your ideas. It's like an olive press, which comes up against the resistance of the pit and thus distills the oil.

Daniel Libeskind (1946–)

건축주가 프로젝트에 주는 압박은
당신의 아이디어를 정제시킨다.
올리브 기름 압착기와 같다.
여과기의 저항에 부딪혀
기름이 정제되는 것이다.

대니얼 리버스킨드(1946-)

I HATE VACATIONS. IF YOU CAN BUILD BUILDINGS, WHY SIT ON THE BEACH?

Philip Johnson (1906–2005)

나는 휴가가 싫다.
건물을 지을 수도 있는데,
왜 해변에 앉아 있지?

필립 존슨(1906-2005)

I AM SIMPLY
SUBMERGED IN
WORK FROM FIVE
IN THE MORNING
TO ELEVEN AT NIGHT;
ALMOST NEED
A FEW DAYS OFF
TO ESCAPE
A BREAKDOWN!

Richard Neutra (1892–1970)

나는 단순히 아침 다섯 시부터
저녁 열한 시까지 일에 파묻혀 있다.
신경쇠약이 오지 않을 만큼의
며칠의 휴식이면 충분하지!

리처드 노이트라(1892-1970)

We're always working with choreographers and directors, robotics experts and different kinds of scientists and researchers. We're always interested in the links and crossovers between disciplines.

Elizabeth Diller (1954–)

우리는 항상
안무가, 디렉터, 로봇전문가,
다양한 과학자와 연구자들과
함께 일하고 있다.
우리는 항상
다양한 분야 간의
연결고리와 교차점에
관심이 있다.

엘리자베스 딜러(1954-)

My wife, Lu Wenyu, and I are
the only partners in the studio.
The rest are all our students.
I sent them all home for a month
so I could work on these three
museums. But they were not on
vacation. They all had homework
assignments: books to read on
French philosophy, Chinese
paintings to study or movies to
watch, whatever might be helpful.
When we all got back together,
we had discussions and then began
to work again on the projects.

Wang Shu (1963–)

제 아내 루 웬유와 저는
회사에서 유일한 파트너입니다.
나머지는 모두 우리 학생들이에요.
저는 이 세 곳의 박물관을 짓기 위해
한 달 동안 그들을 모두 집으로 보냈습니다.
하지만 그들은 휴가 중이 아니었어요.
그들 모두가 숙제들을 가져갔죠:
프랑스 철학에 관한 책, 공부할 중국 그림,
볼 영화, 어떤 것이든 도움이 될 만한 것들을요.
우리가 모두 다시 모였을 때,
우리는 토론을 하고 나서
다시 프로젝트에 착수하기 시작했습니다.

왕 슈(1963-)

I cannot work and listen to Wagner at the same time, nor Mahler, nor Beethoven's late quartets. I enjoy listening to Chopin's piano music when I work.

I. M. Pei (1917-2019)

나는 바그너나 말러, 베토벤의
후기 사중주를 들으면서는
일을 할 수가 없다.
쇼팽의 피아노곡을 들으면서
일하는 것을 좋아한다.

I. M. 페이(1917-2019)

Beethoven's Fifth Symphony, that amazing revolution in tumult and splendor of sound built on four tones based upon a rhythm a child could play on the piano with one finger. Supreme imagination reared these four repeated tones, simply rhythms, into a great symphonic poem that is probably the noblest thought-built edifice in our world.

Frank Lloyd Wright (1867–1959)

베토벤 교향곡 5번,
아이도 한 손가락으로
피아노 연주할 수 있는
리듬을 바탕으로 한
네 가지 음색 위에 세워진
소리의 화려함과 격동의 놀라운 혁명.
최고의 상상력으로 네 가지 반복되는 음색,
단순한 리듬을 아마도 우리 세계에서
가장 고귀한 사상적 건물인
위대한 교향시로
발전시켰다.

프랭크 로이드 라이트(1867-1959)

Children should be introduced right from the start to the potentialities of their environment, to the physical and psychological laws that govern the visual world, and to the supreme enjoyment that comes from participating in the creative process of giving form to one's living space.

Walter Gropius (1883–1969)

아이들은 시작부터 환경의 잠재력,
시각 세계를 지배하는 신체적, 심리적 법칙,
그리고 창조적으로 자신의 생활공간을
만드는 과정에 참여하는 데서 오는
최고의 즐거움에 바로 초대되어야 한다.

월터 그로피우스(1883-1969)

Every child likes to take a pencil to make a mark. Everybody makes beautiful things when they are three, four, or five years old. Most people lose that spontaneity; I think that always happens. Some are able to win a second spontaneity.

Alvaro Siza (1933–)

모든 아이들은
연필을 잡고
그려대기를 좋아한다.
모든 사람들이
세 살, 네 살, 다섯 살 무렵에는
아름다운 것을 만들어낸다.
대부분의 사람들은
그 자연함을 잃어간다;
항상 그런 것 같다.
어떤 사람들은
두 번째의 자연스러움을
얻어낼 수도 있다.

알바로 시자(1933-)

There is a rumor that I can't draw and never could. This is probably because I work so much with models. Models are one of the most beautiful design tools, but I still do the finest drawings you can imagine.

Jørn Utzon (1918–2008)

제가 그림을 그릴 수 없으며
아예 그런 적도 없다는 루머가 있어요.
아마 모델을 주구장창 만들기 때문이겠죠.
모델은 가장 아름다운 디자인 도구 중 하나이지만,
저는 여전히 여러분이 상상할 수 있는
가장 훌륭한 그림을 그립니다.

예른 웃손(1918-2008)

I prefer to work with *the looseness of pencil* rather than the precision of ink or a computer.

Thom Mayne (1944–)

저는 잉크나 컴퓨터의 정밀함보다는
연필의 느슨함을 가지고
일하는 것을 선호합니다.

톰 메인(1944-)

Drawing architecture is a "schizoid" act: it involves reducing the world to a piece of paper.

Eduardo Souto de Moura (1952–)

건축 설계는 '편집증'적인 행위이다.
바깥세상을 종이 위에 축약해내는 일이니까.

에두아르도 소투 드 모라(1952-)

Many people notice that computers have their limits. I've nothing against them, but my experience with materials and forms I can touch has taken me a good deal further.

Frei Otto (1925–2015)

많은 사람들이
컴퓨터에도 한계가 있다는
것을 알게 되었습니다.
그들에게 반대할 것은 없지만,
만질 수 있는 재료와 형태로
인한 경험이 저를 훨씬
발전시켰습니다.

프라이 오토(1925-2015)

I HAVE NEVER BEEN
EMBARRASSED TO STATE
WHAT MIGHT BE SELF-
EVIDENT, SO IT WILL
COME AS NO SURPRISE
TO SUGGEST THAT THE
PENCIL AND COMPUTER
ARE, IF LEFT TO THEIR
OWN DEVICES, EQUALLY
DUMB AND ONLY AS
GOOD AS THE PERSON
DRIVING THEM.

Norman Foster (1935–)

자명한 사실에 대해 말하는 것에
한 번도 당황한 적이 없었어서,
놀라실 것 없이 제안하자면요.
연필과 컴퓨터는,
각자 놓고 보자면,
둘 다 멍청한 도구이고,
딱 그걸 다루는 사람만큼만
좋은 도구입니다.

노먼 포스터(1935-)

Have you seen the plans for Bilbao? They are incredibly beautiful. You cannot draw that by hand—it has to be done with software.... I have always believed that art leads the way for architecture. Now it is technology's turn.

I. M. Pei (1917-2019)

---

* 빌바오 구겐하임 미술관(Guggenheim Museum Biobao): 건축가 프랭크 게리가 설계한 스페인 빌바오에 있는 현대 미술관. 구겨진 알루미늄 같은 실험적 입면으로 현대건축 해체주의의 상징적 건물이 되었으며, 다소 쇠락했던 빌바오의 관광산업을 일으켜 사회 경제적으로도 커다란 반향을 불러왔다. —옮긴이

빌바오* 평면도를 본 적이 있나요?
어마어마하게 아름답지요.
그걸 손으로 그릴 수는 없어요.
소프트웨어로 그려야 합니다.
나는 항상 예술이 건축의 길을
이끈다고 믿어왔어요.
이제는 테크놀로지의 차례입니다.

I. M. 페이(1917-2019)

OLD-STYLE ARCHITECTS
DID AS MUCH AS THEY
THOUGHT THEY COULD
CONTROL. THEIR OWN HAND
WAS ALWAYS INVOLVED IN
THEIR WORK; RESPONSIBILITY
WASN'T DELEGATED TO
ANYONE ELSE. ONCE WORK
IS DELEGATED AND NOT
FOLLOWED THROUGH BY THE
ORIGINAL HAND, IT'S NOT
ARCHITECTURE ANYMORE.
IT'S SOMETHING ELSE.

John Hejduk (1929–2000)

예전 스타일 건축가들은
그들이 통제할 수 있는 만큼만 했습니다.
손으로 일했지요.
책임을 다른 누구에게도 전가하지 않았어요.
일이 한 번 위임되고
처음 잡았던 손이 계속하지 않으면,
그건 건축이 더 이상 아니에요.
그건 다른 일입니다.

존 헤이덕(1929-2000)

I use structural engineers. I use mechanical engineers. I use housing architects to tell me how big an apartment is because I don't know. How to build a cheap apartment? How would I know? I'm not interested. I have people to do that.

Philip Johnson (1906–2005)

나는 구조 기술자들을 고용한다.
나는 기계 공학자들을 이용한다.
나는 아파트 크기를 말해줄
주택 건축가들을 이용한다.
내가 모르는 분야이니까.
어떻게 더 저렴한 아파트를 만들지?
내가 어떻게 압니까?
나는 관심이 없어요.
나는 그런 걸 해줄 사람들이 따로 있어요.

필립 존슨(1906-2005)

The best engineer a few decades ago was someone who could create the most beautiful beam or structure; today it's to do a structure you cannot see or understand how it's done. It disappears and you can talk only about color, symbols, and light. It's an aesthetic of miracle.

Jean Nouvel (1945–)

몇 십 년 전 최고의 엔지니어는
가장 아름다운 빔을 만들거나
구조를 만드는 사람이었다;
오늘날은 당신이 못 보거나 어떻게 만들어진 건지
알 수 없는 구조를 만드는 사람이다.
그런 건 사라졌고, 당신은 오직 색채, 상징성,
그리고 빛에 대해서만 이야기할 수 있다.
기적의 미학이다.

장 누벨(1945-)

Engineering is not a science. Science studies particular events to find general laws. Engineering design makes use of these laws to solve particular practical problems. In this it is more closely related to art or craft.

Ove Arup (1895–1988)

엔지니어링은 과학이 아닙니다.
과학은 일반 법칙을 찾기 위해서
특정 사건을 공부하는 것이지요.
엔지니어링 디자인은 이런 법칙들을 사용해서
특정한 실용적 문제들을 풀어가는 것입니다.
이런 면에서 엔지니어링은
예술이나 공예에 더 가깝습니다.

오브 에럽(1895-1988)

BETWEEN 1990 AND 2000 I HAD
NO COMMISSIONS, AND I DID
NOT WANT A GOVERNMENT OR
ACADEMIC POSITION, EITHER.
I JUST WANTED TO WORK WITH
CRAFTSMEN, GAIN EXPERIENCE
ON THE GROUND, AND TAKE NO
RESPONSIBILITY FOR THE DESIGN—
ONLY FOR THE CONSTRUCTION.

Wang Shu (1963–)

1990년과 2000년 사이에
나는 아무런 일도 따내지 못했고,
정부나 학문의 직책도 원하지 않았다.
나는 단지 장인들과 함께 일하고,
현장에서 경험을 쌓고,
디자인에 대한 책임을 지지 않고,
건설에만 전념하고 싶었다.

왕 슈(1963-)

A CONSTRUCTION
SITE IS AN INCREDIBLY
INSTRUCTIVE PLACE
FOR AN ARCHITECT.
I WOULD RATHER HAVE
SPENT AN HOUR AT
THE SAINT PETER'S
BUILDING SITE IN ROME
THAN HAVE READ ALL
THE BOOKS WRITTEN
ABOUT THAT CHURCH.

Jørn Utzon (1918–2008)

공사 현장은 건축가에게
어마어마한 배움의 장입니다.
나라면 그 교회에 대한 모든 책을 읽기보다
로마의 세인트 피터 건축 현장에서
한 시간을 보내겠어요.

예른 웃손(1918-2008)

In São Paulo there
is a bar which I go to
two or three times
a week with "normal"
people, no architects,
and I prefer this.

Paulo Mendes da Rocha (1928–)

상파울루에 가면 내가 일주일에
두세 번 가는 바가 있는데,
'보통'사람들과 가요, 건축가 말고.
난 이게 더 좋습니다.

파울루 멘데스 다 호샤(1928-)

I learn more from creative people in other disciplines than I do even from other architects because I think they have a way of looking at the world that is really important.

Tom Kundig (1954–)

저는 다른 건축가들보다
다른 분야의 창의적인 사람들에게서
더 많은 것을 배웁니다.
그들이 세상의 정말 중요한 것을
바라보는 방식이 있다고
생각하기 때문입니다.

톰 쿤딕(1954-)

*An important value for us
is drawing together all
of the various elements of
architecture—materials, space,
form, light, color—and producing
a unified whole. We're not
at all interested in producing
a collage. People's lives are
the collage and you don't need
a collage on top of a collage.
You need to provide some
sense of wholeness so
the kaleidoscope can occur
within it.*

Billie Tsien (1949–)

우리에게 중요한 가치는
재료, 공간, 형태, 빛, 색상 등
건축의 모든 다양한 요소들을
한 데 모아 통일된 전체를
만들어내는 것입니다.
우리는 콜라주 생산에는
전혀 관심이 없습니다.
사람들의 삶은 콜라주이고
우리가 그 위에 또 다른 콜라주를
만들 필요가 없는 것이죠.
하나 된 느낌을 만들어서
그 안에 만화경 같은
세계가 존재하도록 해야 합니다.

빌리 첸(1949-)

WE SHOULD WORK ON
MAKING OUR WORLD
UNDERSTANDABLE AND
NOT MAKE IT MORE
CONFUSED. WHAT LOOKS
LIKE WOOD SHOULD
ALSO BE WOOD AND IRON
SHOULD REMAIN IRON.

Günter Behnisch (1922–2010)

우리는 우리의 세계가 이해되도록 노력해야지
더 헷갈리게 해서는 안 됩니다.
나무처럼 보이는 것은 나무이어야 하고,
철은 철로서 남아야 합니다.

권터 베니시(1922-2010)

I have interviewed
thousands and thousands
of office workers, laboriously
asking them, "What do
you want? What do you see?
What do you care about?" and
it is a very humbling
experience. I recommend
it to you when you are
practicing architecture,
to really talk and understand
and listen, because we
as architects tend not to.

Kevin Roche (1922-2019)

나는 수천 명의 직장인을 인터뷰했고,
그들에게 힘겹게 물어보았습니다.
"무엇을 바라나요?
무엇을 보나요?
무엇이 신경쓰이나요?"
그것은 겸손해지는 계기가 되었습니다.
당신이 건축을 한다면 진심으로 물어보고
이해하고 듣기를 바랍니다.
건축가들이 종종 그러지를 않거든요.

케빈 로셰(1922-2019)

A building is hard to judge. It takes many years to find out whether it works. It's not as simple as asking the people in the office whether they like it. And I'm not talking about the applause from critics or outsiders. They're entitled to have an opinion—but how can they judge how comfortable a building is?

Helmut Jahn (1940–)

건물은 평가하기 어렵다.
몇 년이 지나야 제대로
작동하는지 알게 된다.
사무실 직원에게
마음에 드는지 물어보는
것만큼 간단하지 않다.
평론가나 외부인의 찬사를
이야기하는 것도 아니다.
그들은 의견을 가질 자격이 있지만,
건물이 얼마나 편안한지
어떻게 판단한단 말인가?

헬무트 얀(1940-)

Architecture can't force people to connect, it can only plan the crossing points, remove barriers, and make the meeting places useful and attractive.

Denise Scott Brown (1931–)

건축이 사람들이 소통하도록 강제할 수는 없다.
교차점을 계획하고, 장벽을 치우며,
만남의 장소를 유용하고 매력적으로 만들 뿐이다.

데니스 스콧 브라운(1931-)

Of course you condition perception through a building but you must be careful not to overdo it, otherwise you asphyxiate the user. It is necessary to find the right balance between the control of the experience of space, and a freedom which allows things to happen.

Alvaro Siza (1933–)

물론 건물을 통해 인지공간을 조절하지만
무리하지 않도록 주의해야 한다.
그렇지 않으면 사용자를 질식시킬 수 있다.
공간 경험을 통제하거나
놓아주는 가운데서
올바른 균형을 찾는 것이 필요하다.

알바로 시자(1933-)

I STARTED OUT TRYING TO CREATE
BUILDINGS THAT
WOULD SPARKLE LIKE ISOLATED
JEWELS; NOW I WANT THEM
TO CONNECT, TO FORM
A NEW KIND OF LANDSCAPE,
TO FLOW TOGETHER WITH
CONTEMPORARY CITIES AND THE
LIVES OF THEIR PEOPLES.

Zaha Hadid (1950-2016)

저는 고립된 보석처럼
반짝이는 건물들을 만들기 시작했습니다.
이제 저는 그것들이 연결되고,
새로운 종류의 풍경을 형성하고,
현대 도시들과 그들 민족의 삶과
함께 흘러갔으면 합니다.

자하 하디드(1950-2016)

*I always consider
a building as
part of the whole,
a piece which
creates a collective
performance, which
is the city.*

Christian de Portzamparc (1944–)

나는 항상 건물이 전체의 일부라고 생각한다.
도시라는 집합적 공연을 만드는 작품으로.

크리스티앙 드 포르장파르크(1944-)

ANY WORK OF ARCHITECTURE WHICH DOES NOT EXPRESS SERENITY IS A MISTAKE.

Luis Barragán (1902–88)

평온함을 표현하지 못하는
건축 작업은 실수일 뿐이다.

루이스 바라간(1902-1988)

THE ARCHITECTURE WE REMEMBER IS THAT WHICH NEVER CONSOLES OR COMFORTS US.

Peter Eisenman (1932–)

우리가 기억하는 건축은
우리를 위로하거나
편안하게 해주는 것이 아니다.

피터 아이젠먼(1932-)

In a strange way, architecture is really an unfinished thing, because even though the building is finished, it takes on a new life. It becomes part of a new dynamic: how people will occupy it, use it, think about it.

Daniel Libeskind (1946–)

이상하게도,
건축은 정말 미완성입니다.
건물이 완공되더라도
새로운 삶을 영위하기 때문입니다.
그것은 새로운 역학의 일부가 됩니다;
사람들이 그것을 점유하고,
사용하고, 생각하는 방식입니다.

대니얼 리버스킨드(1946-)

The greatest satisfaction,
I think, is when a building
opens and the public
possesses it and you cut
the umbilical cord and
you see it taking on its own
life. There's no greater
satisfaction.

Moshe Safdie (1938–)

제 생각에 가장 큰 만족은
건물이 열리고 대중이 그것을 소유하면서,
당신이 탯줄을 자르고 그 건물이
혼자 힘으로 살아가는 것을 볼 때입니다.
더 큰 만족은 없습니다.

모셰 사프디(1938-)

You have to
have endurance
in this profession.
You start a project
as a young
person and then
at the end you
are another
person. You are
ready to go
for your pension.

Santiago Calatrava (1951–)

이 직업은 끈기를 가져야 한다.
젊은이로서 한 프로젝트를 시작하고,
끝나면 당신은 다른 사람이 되어 있다.
연금 받을 준비가 되었다.

산티아고 칼라트라바(1951-)

What you
newspaper and
magazine writers,
who work in
rabbit time, don't
understand is
that the practice
of architecture
has to be measured
in elephant time.

Eero Saarinen (1910–61)

신문, 잡지 기자처럼
토끼 단위의 시간으로 일하는 사람들은
건축처럼 코끼리 단위로 시간을 재는 분야를
이해하기 힘들겠죠.

에로 사리넨(1910-1961)

I am an architect who
builds, and therefore
I am an optimist. Being an
optimist is a prerequisite
for anybody who wants
to build, because construction
is a matter of optimism;
it's a matter of facing the
future with confidence.

Cesar Pelli (1926-2019)

나는 건물을 짓는 건축가입니다,
고로 낙관주의자이지요.
낙관주의는 건물을 짓고자 하는
누구에게나 전제조건입니다.
왜냐하면 건설은 낙천적인 행위이니까요.
미래를 자신감을 가지고 바라보는 일입니다.

시저 펠리(1926-2019)

I am not optimistic or pessimistic. I feel that optimism and pessimism are very unbalanced. I am a very hard engineer. I am a mechanic. I am a sailor. I am an air pilot. I don't tell people I can get you across the ocean with my ship unless I know what I'm talking about.

Buckminster Fuller (1895–1983)

나는 낙천적이거나 비관적이지 않다.
내가 보기엔 낙관주의와 비관주의
모두 매우 불균형적이다.
나는 매우 야무진 엔지니어이다.
나는 기계정비사이다.
나는 선원이다.
나는 항공조종사이다.
내가 말하는 것에 대해 스스로 알지 못한다면,
나는 사람들에게 내 배로 당신과 바다를
건널 수 있다고 말하지 않을 것이다.

버크민스터 풀러(1895-1983)

THE BUILDING ITSELF
STANDS ALONE, IN
COMPLETE SOLITUDE–
NO MORE POLEMICAL
STATEMENTS, NO
MORE TROUBLES.
IT HAS ACQUIRED ITS
DEFINITIVE CONDITION
AND WILL REMAIN
ALONE FOREVER,
MASTER OF ITSELF.

Rafael Moneo (1937–)

건물 자체는
완전한 고독 속에
홀로 서 있다—
더 이상 논쟁이나 문제없이.
그것은 최종의 상태가 되었고,
혼자 그대로 영원히 있을 것이다.
자신의 주인으로서.

라파엘 모네오(1937-)

WHAT MOTIVATES
ME IS WORK ON
DISAPPEARANCE, ON
THE LIMITS BETWEEN
A PRESENCE AND
AN ABSENCE OF THE
ARCHITECTURE.

Dominique Perrault (1953–)

나에게 힘을 주는 것은
사라짐에 관한 일을 하는 것이다.
건축의 존재와 부재의 한계를
밀어붙이면서.

도미니크 페로(1953-)

Architecture is a practice of amnesia. When projects are completed, the numerous ideas, thoughts, and research that supported their making are most often purged as the project is narrowed down to its essence—typically leaving behind only a set of final photographs and, maybe, a single sketch.

Jeanne Gang (1964–)

건축은
기억상실의 작업이다.
프로젝트가 끝나면,
만드는 동안 뒷받침했던
그 수많은 아이디어와
생각과 연구는 그것의
본질적인 것으로 수렴하여
제거되어버리고―
최종 사진 한 세트와 아마도,
하나의 스케치 정도만 남는다.

지니 갱(1964-)

In reality some images or drawings have a greater impact than many buildings that are built.

Emilio Ambasz (1943–)

현실 세계에서
어떤 이미지나 그림들은
지어진 많은 건물들보다
더 큰 울림을 주기도 한다.

에밀리오 암바즈(1943-)

The building has not means
of locomotion, it cannot hide itself,
it cannot get away. There it is,
and there it will stay—telling more
truths about him who made it,
who thought it, than he in his
fatuity imagines; revealing his mind
and his heart exactly for what
they are worth, not a whit more,
not a whit less.

Louis Sullivan (1856–1924)

빌딩은 이동수단 방법이 없어서,
숨을 수도 없고 도망갈 수도 없어.
거기 있으면, 영원히 거기 있겠지—
그걸 만든 사람에 대한
더 많은 진실을 알려주고,
누가 생각해낸 건지,
그의 어리석은 상상력보다도;
그의 정신세계와 마음의 가치를
한 치의 모자람과 더함도
없이 알려줄 거야.

루이스 설리번(1856-1924)

It is not right to take
one building out of the
whole work of a man
because even the faults
show the changes in
his work. They show the
humanity of the man
that did it.

Enrico Peressutti (1908–76)

한 사람의 모든 작품 중에서
하나의 건물만 가지고 말하는 것은 옳지 않다,
왜냐하면 실수한 것조차도
그의 작품 세계의 변화를 보여주기 때문이다.
그것들은 만든 사람의 인간적인 면을 보여준다.

엔리코 페레수티(1908-1976)

*Architecture is
a discipline that takes
time and patience.
If one spends enough
years writing complex
novels one might
be able, someday,
to construct
a respectable haiku.*

Thom Mayne (1944–)

건축은 시간과 인내를
필요로 하는 분야이다.
만약 충분한 시간을 가지고
복잡한 소설을 쓴다면,
마침내,
존경 받을 만한 서정시를
써낼 수 있을 것이다.

톰 메인(1944-)

I like ruins because
what remains is not
the total design,
but the clarity of thought,
the naked structure,
the spirit of the thing.

Ando Tadao (1941–)

나는 폐허를 좋아합니다.
남아 있는 것이 전체
디자인은 아니지만,
생각의 명료함,
적나라한 구조,
그것의 영혼이기
때문입니다.

안도 다다오(1941-)

MY WORK IS A
CONSTANT PROCESS
OF UNCOVERING.
DO NOT FORGET,
THERE IS NO NEW
HISTORY. THE
ARCHITECTS I AM
GOING BACK TO ARE
ALL STILL THERE.
THEY DO NOT MOVE.
I MOVE.

Peter Eisenman (1932–)

내 일은 꾸준히 알아내는 과정입니다.

잊지 마세요, 새로운 역사라는 것은 없습니다.

내가 회귀하는 건축가들은 모두 늘 거기에 있어요.

그들은 움직이지 않습니다. 내가 움직이지요.

피터 아이젠먼(1932-)

We don't have preconceived ideas; we work, we analyze, we read, we step into projects knowing that we're not the first ones there.

Elizabeth Diller (1954–)

우리는 선입견이 없습니다.
우리는 일하면서, 분석하고, 책을 읽고,
우리가 첫 번째가 아니라는 것을 알고,
프로젝트에 임합니다.

엘리자베스 딜러(1954-)

The destiny of human beings, **as I see it, is to experience the world they inhabit—the universe inhabited by the immense scope of the human mind—and to construct that experience, that reality, in works of uncompromised energy, unrestrained by fear.**

Lebbeus Woods (1940–2012)

제가 보기에,

인류의 운명은,

그들이 살고 있는

세계를 경험하는 것입니다.

인간 정신의 거대한 범위가

살고 있는 우주 말입니다.

그리고 그 경험을

두려움에 얽매이지 않는

비타협적 에너지로

건설하는 것입니다.

레베우스 우즈(1940-2012)

이제야 왜 '감사의 말' 페이지가 그렇게 긴지 이해가 된다. 내 이름이 표지에 실려 있긴 하지만, 이 책은 나 혼자만의 작업물이 전혀 아니다. 무엇보다, 나의 에디터 사라 베이더에게 감사한다. 그녀의 경험, 헌신, 통찰력이 아니었다면 이 고상한 책은 존재할 수 없었을 것이다. 또한 검증되지 않은 내게 기회를 준 프린스턴 아키텍처 출판사에 감사하다. 그리고 사려 깊고 창의적인 마감으로 이 책을 시각적으로 풍요롭게 해준 디자이너 폴 바그너와 얀 오에게도 감사를 전한다. NBBJ의 나의 동료들, 놀랄 만큼 전문적인 그들에게서 배운 것이 참 많다. 마지막으로, 에드와 제이콥에게 한결같은 마음을 보낸다.

로라 더시케스

건축 설계를 한다는 것은 원의 한 점이 되는 것과 비슷하다.

건축이라는 구심점을 기준으로 팽팽한 원심력 속에서 살아가면서
그 괴로움을 토로하는 건축가들의 삶은, 이 책의 상당 부분에서 말하는
이상의 고민과 피로, 그리고 자발적인 고립 속에 치열하다.

업역으로 치면 참으로 넓은 곳이 건축업계이지만, 설계가 아니면
마치 원을 스쳐 지난 법선처럼, 관련업계마저도 오묘하게 경계를 지으며
살아가는 건축가들. 파울루 멘데스 다 호샤가 "되도록 건축가가 아닌
보통 사람들과 어울리기를 좋아한다"고 굳이 밝힌 이유도 악명 높은
건축가들의 폐쇄성을 극복하려는 노력일 것이다. 어느 분야나 자기들끼리
모이기 마련이겠지만, 건축가들의 멜랑콜리는 객관적으로 진지할 수밖에.

건축이 어우르는 예술적, 공학적인 측면들 때문에 이미 그 일의
과정은 에두아르도 소투 드 모라의 말처럼 늘 패닉으로 시작할 수도 있다.

그래도 그 원이 유지되는 이유는 많은 건축가들이 묵묵히 항상 자기
중심에 진지한 열정을 가지고 있기 때문일 것이다.

건축은 늘 인류의 생활에 밀접한 공간 계획이면서, 문화와 기술의
정점이고, 역사적으로 상류계급이나 지배층에 종사해왔다. 지금도
부동산은 부의 척도이며 건축은 그 궤도에 밀접하게 움직이고 있지만,
건축물의 자본 가치만 높아졌을 뿐, 건축가들이 들인 시간이나 교육에
대한 보상은 턱없이 부족한 것이 사실이다. 경제, 도시, 환경, 사회 문제의

많은 곳에 숨어 있는 해결사임에도 불구하고 건축가들의 말은, 혹은 건축가들은 주목을 받지 못했다.

그래서일까. 이 책에 담긴 건축가들의 말은 마치 해탈한 선인들의 그것처럼 보이기도 하고, 한편으로는 자의식 과잉처럼 보이기도 한다.

파올로 솔레리는 건축가의 자아 세계가 커야 세상에 그만큼 이바지할 수 있다고 말했다. 자의식의 뒷면에 자리한 건축가들의 인간에 대한 애정과 노고가 읽혔으면 한다.

엮은이의 말처럼 이름이 잘 알려진 건축가 중에서도 이 책에 포함되지 않은 무수한 건축가들이 있다. 또 그 이면에 설계의 꿈을 완주하지 못한 건축가들, 그리고 꿈을 가졌던 수많은 건축학도들, 여러 현실적인 이유로 사라지는 여성 건축가들에게, 특히 애틋함을 전한다.

건축가에게 시간은 "코끼리의 시간단위"라고 말했던 에로 사리넨의 말이 시간이 갈수록 사뭇 와닿는다. 빠르게 변하는 현대 사회에서 건축은 과연 이 거대한 발걸음을 어느 방향으로 옮기게 될 것인가.

이 책을 여는 사람들에게 건축가들의 정중동이 진정성 있게 전해지기를 간절한 마음으로 바란다.

전은혜

Think well to the end, consider the end first.

Leonardo da Vinci *(1452–1519)*

끝날 때까지 잘 생각해보라,
그리고 마지막을 먼저 생각해보라.

레오나르도 다빈치(1452-1519)

집을 짓는다는 것

초판 1쇄 2021년 5월 31일
엮음 로라 더시케스 | **옮김** 전은혜 | **편집** 북지육림 | **본문디자인** 운용 | **제작** 제이오
펴낸곳 지노 | **펴낸이** 도진호, 조소진 | **출판신고** 제2019-000277호
주소 서울특별시 마포구 월드컵북로 400, 5층 19호
전화 070-4156-7770 | **팩스** 031-629-6577 | **이메일** jinopress@gmail.com